Bitte keine Werbung einwerfen!

Kurzgeschichte

für mich

Bitte keine Werbung einwerfen!

Kurzgeschichte

TOPAZ HAUYN

Sabrina saß in ihrem WG-Zimmer.

Eingekuschelt in ihre rot Kuscheldecke, die groß genug war, dass sie bis hinunter zu ihren Füßen reichte. Mit ihrem Stuhl saß sie am Fenster. Bis vor wenigen Minuten hatte sie den trüben Winterhimmel betrachtet, an dem sich graue Wolken drängelten. Keine Schneewolken, aber auch kein strahlender Himmel. So ein regnerisches Zwischending, bei dem ihr schon seit Wochen die Lust am Spazierengehen oder Joggen verging.

Stattdessen saß sie hier und machte Pause von den Unterlagen, die sie für die nächste Prüfung lernen sollte. Formeln zur Berechnung von Wärmekapazität. Physikalische Gesetze und die bisherige Entwicklung der Brennstoffzelle.

Sie hatte sich für ein Ingenieursstudium entschieden. Schließlich konnte man überall lesen, dass der Klimawandel durch technischen Fortschritt aufgehalten werden konnte.

Zum Beispiel, indem man das CO_2 wieder aus der Atmosphäre holte, band und im Boden vergrub. Ein paar Unternehmen und Forschungseinrichtungen hatten bereits vielversprechende, erste Versuche gemacht und Prototypen gebaut.

Was allen gemein war? Sie brauchten unmengen an Energie. Energie, deren Produktion wiederum CO_2 in die Atmosphäre blies.

Ein Teufelskreis.

Sabrinas Blick schweifte zum Himmel hinunter auf die Straße, auf der sich normalerweise die Autos stauten. Eines hinter dem anderen. Über alle Fahrspuren.

Heute staute sich nichts.

Sie blinzelte.

Die Straße war leer.

Aber nur für kurze Zeit.

Bevor sie Gelegenheit hatte zu überlegen, ob sie träumte, tauchten grell rot und gelb gekleidete Menschen auf. Nebeneinander. Hintereinander. Danach marschierte eine blau gekleidetete Blaskapelle.

Ein Fastnachtsumzug! Wie konnten sie nur? Danach würde die Straße wie eine große Mülltonne aussehen. Plastikfetzen. Konfetti. Süßigkeiten. Dabei waren Plastikverpackungen und Einwegplastik doch gerade erst endgültig verboten worden, nachdem die Übergangsfrist abgelaufen war.

Sie lehnte mit der Stirn an der eiskalten Fensterscheibe.

Ich bin alleine. Niemand, aber auch niemand hält sich an die Regeln, so wie ich.

Spukende Gedanken in Sabrinas Kopf, die sich im Kreis drehten wie ein Kinderkarusell auf dem Jahrmarkt. Um und um im Kreis herum. Lustig, laut, bunt. Die Stimmung der Menschen darum herum war ausgelassen.

Ganz so, wie die der Leute unten auf der Straße.

Durch ihr Fenster aus dem vierten Stock konnte Sabrina sie gut sehen. Zu gut.

Wozu steckte sie Energie in ihr Studium, arbeitete Nächte durch, um irgendwann den technischen Fortschritt zu erreichen, der allen helfen würde, wenn diese Idioten ihr die Zeit dafür stahlen

Fortschritt brauchte Forschung.

Forschung brauchte Zeit.

Zeit, die mit dem Gesetz gegen Einwegplastik und den CO_2-Zertifikaten und Steuern gewonnen werden sollte.

Zeit, die diese Narren dort unten mit jedem Schritt klauten.

Diebe! Räuber!

Wo war die Polizei, die all diese Gesetzesbrecher festnahm? Oder wenigstens mit einem dicken Bußgeld darüber informierte, dass ihr Verhalten nicht tragbar war?

Sabrina sah, wie die ersten Narren an der Kreuzung abbogen und aus ihrem Blickfeld verschwanden. Dafür rückten weitere Gruppen von hinten nach.

Unten, vor dem Haus, kam zuerst der Parkplatz, der immer vollgeparkt war. J

etzt sammelte sich dort das schaulustige Publikum. Das hatte sie bisher ganz übersehen. Danach kam die vierspurige Straße, die in die sechsspurige Hauptstraße durch die Innenstadt mündete. Dort gingen, tanzten, sprangen die Narren und Hexen entlang. Sie jolten, tröteten und veranstalteten einen Lärm, dass selbst das dreifach verglaste, moderne Fenster an ihrem Zimmerfenster, den Lärm nicht abhalten konnte.

Wozu sind die Regeln da, wenn die Mehrheit sich nicht daran hält? Ich habe Angst vor dem Weltuntergang und dort unten wird Papier, Plastik und jede Menge überflüssiger Müll erzeugt.

Sabrinas Wut wuchs mit jedem Tröten, dass an ihr Ohr drang.

Seitdem sie sich für Umweltschutz und Klimawandel interessierte, hatte sie ihr ganzes Leben umgedreht. Sie hatte sich sogar mit ihren Eltern überworfen. Dabei hatte sie nur eine einfach Frage gestellt und eine Ehrliche Antwort erwartet:

»Ihr wisst seit vierzig Jahren, dass wir etwas gegen den Klimawandel, gegen die rasante Erderwärmung tun müssen. Was habt ihr getan, um den Klimawandel zu verhindern? Was habt ihr getan, um ihn zu reduzieren?«

Schweigen war die Antwort gewesen.

Unbehagliches zur Seite schauen.

Menschen, die ihrem Blick auswichen und ihr fremd wurden.

Ihre Eltern waren Fremde für sie geworden. Genau wie ihre beiden älteren Geschwister. Alle zusammen lagen sie jetzt in der Südsee an einem Strand und genossen eine Woche Ferien. Fernab vom nasskalten Deutschland und der lauten Fastnacht.

Wäre es nicht besser, es gäbe mich nicht? Die Tatsache, dass ich existiere ist doch der größte Klimatreiber. Mehr Menschen.

Nein.

Das durfte sie nicht denken. Solche Gedanken waren selbstzerstörerisch. Sie lebte, sie war hier, sie würde die Welt verändern. Aber ganz sicher nicht, mit destruktiven Gedanken. Sie musste nach vorne schauen. Positiv denken. Eine Lösung suchen und finden.

Falls es keine Lösung gab, dann würde sie eben eine erfinden!

Sabrina kuschelte sich tiefer in ihre Decke, die sie um sich gewickelt hatte, um die Heizung nicht anschalten zu müssen. Zwanzig Grad Raumtemperatur war vollkommen ausreichend, auch wenn sie sich dabei nicht wohlfühlte. Für den Klimaschutz war es ihr das wert. Eigentlich würden auch achtzehn Grad reichen. Aber so weit zu gehen war sie noch nicht bereit. Wenn sie wegen frierender Finger nicht mehr schreiben konnte, dann nutzte das Einsparen von Heizstoffen nichts. Im übrigen gab es größere, wichtigere Baustellen. Zum Beispiel das Brennen von Kalk für die Bauindustrie.

Allein dieser Gedanke munterte sie auf. Das war ein Gebiet auf dem dringend technischer Fortschritt notwendig war. Notwendig und überaus nützlich.

Die Wärme ihrer Decke tat ihr übriges, damit sie sich besser fühlte. Schließlich lächelte sie, bei dem Gedanken daran, wie oft ihre Decke ihr schon treue Dienste geleistet hatte.

Zum Glück hatte sie eine haltbare, langlebige Decke erwischt. Trotzdem hatte sie bereits mehrere Nähte ausbessern müssen. Qualität zu finden war nicht einfach. Zu viele Unternehmen setzten auf geplanten Verfall und verwendeten minderwertiges Material.

Wie zum Beispiel für diese grässlichen, trötenden Trompeten der Narren dort unten.

Am liebsten würde ich hinunterstürmen und ihnen allen eine Standpredigt halten. Ihnen ihr verrücktes Verhalten vorhalten. Erwachsene Menschen, die sich wie Kleinkinder benehmen! Pah. Genau wie meine Eltern, die sich weigern Verantwortung zu übernehmen. Wenn schon nicht in der Vergangenheit, warum nicht wenigstens jetzt? Sie hätten auf die Flugreise verzichten können. Sie könnten Solarplatten auf ihrem Einfamilienhaus installieren.

Sabrina schnaubte unwillig.

Sie schaute von der Straße weg und auf den kleinen Tisch an der Wand neben dem Fenster.

Sie wohnte in einer WG. Als Studentin hatte sie sogar das Glück gehabt in einem Studentenwohnheim unterzukommen. Mit fünfundzwanzig Quadratmeter war ihr Zimmer mehr als geräumig. Fast schon zu groß. Aber dafür passte alles was sie brauchte hinein: Ihr Tisch und der Stuhl den sie als Geburtstagsgeschenk zu Beginn der Oberstufe bekommen hatte. Ein Bett, das ihr Vorgänger entsorgen wollte und ihr als Geschenk überlassen hatte. Zum Schluss noch ein Schrank, den sie im Wochenblatt unter der Rubrik »Zu Verschenken« gefunden hatte, bevor sie einen »Bitte keine Werbung«-Aufkleber an ihrem Briefkasten geklebt hatte.

Sie war stolz darauf, dass sie für ihr erstes eigenes Zimmer kein einziges, neues Möbelstück hatte produzieren lassen. Auch wenn sie sicher davon ausgehen konnte, dass die Leute, von denen sie die alten Möbel hatte, sich Neue gekauft hatten. Immerhin hatte sie die Alten vor der Verbrennung gerettet. In dem Holz war schließlich auch CO2 gespeichert, dass durch die Verbrennung wieder freigeworden wäre.

In der Folge passt zwar das hellbraune Funier ihres Tisches nicht mit dem dunklen, fast schwarzen, Braun des Schrankes zusammen, aber Sabrina war das egal.

Ich fühle mich in dem Farbchaos viel wohler, als mit neuen Möblen. Außerdem sind die Fabrikdünste von den Klebern und den Farben bereits verdampft. So sind die Möbel sogar gesünder für mich.

Sie hatte sogar Platz für ihre Yoga-Matte auf dem Boden.

Manchmal übernachtete Lisa, ihre Freundin dort, wenn es abends zu spät wurde, um noch nach Hause zu fahren. Lisa wohnte bei ihren Eltern in einem Vorort der Stadt und fuhr jeden Tag mit der S-Bahn zur Uni.

Schade, dass meine Eltern so weit weg wohnen und ich das nicht auch so machen kann. Vielleicht hätte ich dann die Solaranlage auf dem Dach durchsetzen können?

Hätte, hätte, Fahrradkette. Eine Achterbahn, die sie sich da in ihren Gedanken zusammendachte. Bald würde sie den gesamten Rummelplatz in ihrem Kopf haben.

Sabrina wandte sich vom Fenster ab und betrachtete ihr Zimmer.

Was konnte sie noch tun, außer die Raumtemperatur zu senken und ihren Konsum zu reduzieren?

Ich wünschte, die Politik würde die Regeln nicht nur machen, sondern auch Strafen daran knüpfen und diese kontrollieren. Häufiger als einmal im Vierteljahrhundert.

Sabrina dachte daran, wie sie gejubelt hatte, als das Gesetz über die CO2-Steuer in Kraft getreten war. Kurz darauf war sie entsetzt gewesen, wie wenig ein Gesetz ausrichtete. Besonders, wenn es nicht kontrolliert wurde.

Trotzdem. Sie würde einen Weg finden, ihren Beitrag zum Klimaschutz zu leisten. Jetzt. Nicht erst, wenn sie mit dem Studium fertig war.

Draußen, auf der Straße, wurde es ruhiger.

Sabrina schaute hinunter. Die letzten Narren verschwanden gerade um die Ecke und die Zuschauer zerstreuten sich. Die Straße war leergefegt. Abgesehen vom Müll der noch herumlag.

Sabrina schnaubte.

Es war Samstag. Die Straßenreinigung fuhr Montags, wie sie bereits beobachtet hatte.

Sie könnte hinuntergehen und den gröbsten Müll auflesen und entsorgen.

Sie schaute auf ihr aufgeschlagenes Buch auf dem Schreibtisch und ihren Laptop, der daneben stand. Im offenen Chatfenster war die letzte Frage von Lisa zu einer Formel, die sie nicht ganz verstanden hatte.

Sabrina beugte sich vor, wickelte ihre Arme aus ihrer roten Decke und tippte eine Antwort. Dann verabschiedete sie sich. Lernen konnte sie nachher noch, Müll aufsammeln aber am besten jetzt.

Vermutlich war irgendwo die Straße gesperrt für den Verkehr. Wer wusste schon, wie lange noch.

Ich werde die ganze Straße aufräumen.

Sie faltete die Decke zusammen, legte sie aufs Bett und zog sich Schuhe und Jacke an. In der Gemeindschaftsküche nahm sie einen großen, blauen Müllsack und Einweghandschuhe mit. Geschwind lief sie aus der Wohnung und das Treppenhaus hinunter. Den Fahrstuhl benutzte sie nur für schwere Transporte, wie zum Beispiel ihren Schreibtisch beim Einzug.

Vor der Haustür wehte ihr der eisige Winterwind ins Gesicht.

Sabrina bibberte. Dabei war ihr gerade noch ihr Zimmer kalt erschienen. Im Vergleich dazu war es dort kuschelig warm.

Sie trabte an den Briefkästen vorbei. Aus über der Hälfte davon hing das Wochenblatt mit den eingelegten Werbezetteln heraus. Was für eine Papier und Farbverschwendung. Wer las die Dinger eigentlich, die zu mindestens neunzig Prozent aus Werbung und zum Rest aus Anzeigen für alles Mögliche bestanden?

Am Montag würde immer noch mehr als die Hälfte in den Briefkästen stecken.

Am Dienstag würde ein Teil davon vor dem Haus auf der Straße liegen, weil die anderen Studenten sogar schon zu faul waren, um den Müll von ihrem Briefkasten bis zur Papiertonne zu tragen.

Sabrina stampfte wütend auf den Boden.

Warum darf die Werbewirtschaft mir ungefragt Post schicken? Warum kann es nicht anders herum sein, dass ich explizit »Werbung erwünscht« auf meinen Briefkasten schreiben muss?

Noch ein Problem, dass sie jetzt nicht ändern konnte. Sie lief weiter und auf die Straße.

Aus der Nähe lag noch mehr Plastikmüll herum, als es von oben ausgesehen hatte. Bunt vermischt mit Luftschlangen und Bonbonpapier.

Wenigstens war es trocken. Auch wenn die Wolken am Himmel weiterhin grau und trüb dahinschwebten. Wer wusste, wann sie sich entschieden, dass sie jetzt doch regnen wollten?

Sabrina zog die Handschuhe über, öffnete ihren Müllsack und fing an die ersten Luftschlangen aufzuheben und hineinzustopfen. Darauf folgten Bonbonpapiere, dann eine Plastiktüte.

Ich glaube ich spinne. Die haben die ganze Tüte mit Gummibärchen, die darin in Minitüten verpackt waren, weggeworfen?

Fassungslos starrte Sabrina auf die Tüte.

Sie erinnerte sich daran, wie sie als Kind auch neben den Umzügen hergelaufen war, um möglichst viele Süßigkeiten aufzusammeln. Aber ganze Tüten voll waren damals nicht geworfen worden. Zumindest konnte sie sich nicht daran erinnern.

Und, wenn der Zug vorbei war, waren sie und alle anderen Kinder, über die Straße gelaufen und hatten heruntergefallen Kaubonbons, Lutscher und Schokoladen aufgehoben.

Waren die Kinder heute so verwöhnt, dass sie sich nichteinmal nach einer kompletten Tüte mit eingepackten Gummibären mehr bückten?

Sabrina stopfte die Tüte in ihre Jackentasche. Die konnte sie bei der nächsten Party auf den Tisch stellen.

Wenige Meter später, stand sie immer noch auf ihrer Straßenseite und ihr Sack war bereits halb voll. Sie wollte sich gerade wieder bücken, als die ersten Motorgeräusche näher kamen. Räder rollten über die Straße, Plastik raschelte darunter, als es zerquetscht wurde. Die Straße war offensichtlich wieder für den Verkehr freigegeben.

Mist. Ich war zu langsam!

Sabrina schaute mit hängenden Schultern und hängenden Mundwinkeln auf ihren Sack hinunter. Dann blickte sie über die Straße. Das bunte Konfetti wirbelte hinter den Autos auf.

Denk positiv! Ich habe einen halben Sack Müll aufgesammelt. Der fliegt nirgendwo mehr herum und verschmutzt die Umwelt. Jedes bisschen ist wichtig.

Na gut, dass mit dem positiv Denken muss ich noch üben, aber immerhin stimmt es. Ein halber Müllsack weniger, der auf der Straße liegt.

Langsam ging sie auf dem Gehweg weiter und sammelte auf, was dort lag. Schließlich war ihr blauer Müllsack voll und der Gehweg vor dem Studentenwohnheim vom gröbsten Müll befreit.

Sabrina zog ihre Einweghandschuhe aus und stopfte sie oben in den Sack, dann knotete sie ihn zu, schwang ihn über ihre Schulter und marschierte zur großen Mülltonne des Wohnheims.

Dabei lief sie wieder an der Wand mit den Briefkastenschlitzen vorbei.

Sie schüttelte wieder den Kopf über den Werbemüll. Wenn sie doch nur irgendetwas dagegen tun könnte.

Sabrina schloss die Tür zum Raum mit den Mülltonnen auf, trat ein, und hievte den Sack in die große, schwarze Tonne. Hinter sich schloss sie sorgfältig ab. Der Hausmeister schätzte es gar nicht, wenn die Tür offen blieb. Dann würden die Nachbarn nur ebenfalls ihren Müll hier abladen und das kostete das Studentenwerk dann mehr Geld. Schließlich wurde nach geleerten Mülltonnen berechnet.

Als sie zum dritten Mal an den Briefkästen vorbeiging blieb Sabrina stehen.

Es muss doch etwas geben, was ich tun kann? Der Hausmeister schimpft auch jede Woche darüber, wenn die Zeitungen am Boden liegen und er putzen muss.

Sabrina grübelte.

Der eisige Wind, den sie beim Aufsammeln des Mülls nicht mehr bemerkt hatte, bließ ihr ihre kurzen Haare ins Gesicht und biss in ihrem Nacken. Brr. Sobald sie mit der Bewegung und dem ständigen Bücken aufhörte, wurde ihr wieder kalt.

Bewegung.

Genau!

Die meisten lasen dieses Werbeblatt doch sowieso nicht. Sie konnte gleich hier weitermachen und die Werbung ebenfalls in den Müll entsorgen.

Sabrina zog eine Zeitung nach der anderen aus den Briefkastenschlitzen und sammelte sie auf ihrem freien Arm. Als der Stapel zu schwer wurde, ging sie zurück zur Müllkammer und beförderte ihn in die blaue Tonne. Nachdem sie das dritte Mal gelaufen war, und ohne dass ihr auch nur ein Student an diesem nassen, kalten Samstagnachmittag begegnet wäre, waren alle Zeitungen entsorgt.

Zufrieden stand Sabrina vor der Wand mit den Briefkastenschlitzen.

So gefällt es mir schon viel besser. Jetzt muss es nur so bleiben.

In Gedanken versunken ging sie zurück ins Haus und stieg die Treppen hinauf.

Ich könnte jeden Samstag die Briefkästen leeren.

Sie stieg an der schwarzen zwei vorbei, die an der weißen Wand neben den Glastüren stand.

Zu aufwendig. Außerdem hilft es nichts. Ich muss die Produktion des Wochenblattes reduzieren. Die Nachfrage muss sinken, sodass der Verlag weniger druckt.

Vor ihr tauchte die schwarze vier auf.

Sabrina schob die Glastüre auf und ging den gelblich beleuchteten Flur hinunter zu ihrer WG-Wohnungstüre.

Wie kann ich die Produktion reduzieren? Anrufen und lieb darum bitten wird nicht helfen.

Nachdem Sabrina sich gründlich die Hände gewaschen und sich ausgezogen hatte, setzte sie sich an ihren Schreibtisch.

Im Vergleich zum eisigen Winterwind unten auf der Straße war es hier drinnen mit zwanzig Grad mollig warm. Sie drehte die Heizung auf achtzehn Grad herunter. Versuchen konnte sie es ja. Dann starrte sie auf ihr Physikbuch.

Die Briefkästen gingen ihr nicht aus dem Sinn.

Das Wochenblatt mit den eingelegten Werbezetteln war nicht das einzige Problem. Dazu kamen die ganzen Visitenkarten von Autoaufkäufern und die Speisekarten von den Fastfood-Lieferdiensten. Manchmal so viele, dass der Platz vor den Briefkästen aussah wie ein bunt bemaltes, abstraktes Gemälde.

Sie selbst bekam das alles nicht. Oder das Meiste. Mancher kümmerte sich kein bisschen darum, dass an ihrem Briefkasten »Bitte keine Werbung« stand.

Aber warum stand das eigentlich nicht an allen Briefkästen des Wohnheims und der anderen Hochhäuser?

Sabrina lehnte sich zurück und kippelte auf ihrem Stuhl.

Was würde passieren, wenn ich neben alle Briefkästen ein »Bitte keine Werbung« Schild klebe? Nichts, oder? Wer die Werbung will, kann das Schild ja wieder abnehmen. Und die Leute, die die Werbung verteilen müssten die Reste zurückgeben.

Sabrina lächtelte.

Das müsste klappen. Durchsichtiges Klebeband habe ich hier. Papier auch. An die Arbeit.

Sie kippte auf ihrem Stuhl nach vorne. Dumpf donnerten die vorderen Stuhlbeine auf den Boden. Ihre rote Kuscheldecke rutschte von ihren Schultern. Kurz fröstelte sie. Dann zog sie mit einem Lineal gleichmäßige Linien auf ein Papier und darüber senkrechte Striche, bis sie passende Kästchen hatte. In jedes Kästchen schrieb sie das Gleiche und zerschnitt das Papier.

Aufgekratzt ging Sabrina wenig später wieder hinaus. Mit vielen Papierstreifen und durchsichtigem Klebeband ausgestattet. Der eisige Wind draußen blies immer noch, aber sie hatte eine Aufgabe. Vom Wind würde sie sich da nicht abhalten lassen.

Einen Briefkasten nach dem anderen bestückte Sabrina mit den Klebestreifen.

Ihre Schultern schmerzten irgendwann vom vielen genauen Ausrichten. Ihre Finger waren eisig.

»He, was machst du da?«, fragte eine Stimme von der Seite.«

Ups. Das klang nicht besonders freundlich. Vielleicht hätte ich es doch lassen sollen?

Sabrina richtete sich auf und drehte sich zu der Stimme um.

Mist. Ausgerechnet Ida stand ihr gegenüber. Die Kommilitonin in die sie sich verguckt hatte, die im gleichen Wohnheim wohnte und sie seit Tag eins, nach einem Blick mit hochgezogenen Augenbrauen auf ihre Jeans mit dem Loch am Knie, ignorierte.

»Ich schaffe die nutzlose Werbung ab«, sagte Sabrina. »Hilfst du mir?«

Angriff war die beste Verteidigung. Richtig?

Ida starrte sie an, als wäre sie ein Alien.

»Abschaffen? Mit Zetteln und Tesa?«, fragte Ida.

Sie kam einen Schritt nähre und las den Text laut vor: »Bitte keine Werbung. Und wofür soll das bitte gut sein?«

Ida verschränkt die Arme vor der Brust und sah sie abwartend an.

Soll ich ihr wirklich die Wahrheit sagen? Sie sieht nicht so aus, als würde es sie interessieren. Eher, als würde sie einen Grund suchen mich noch ein bisschen zu verspotten.

Andererseits, ich habe mich mit meiner Familie deswegen überworfen.

So süß Ida auch ist, eine Lüge ist sie nicht wert.

»Wenn die Werbung nicht gedruckt wird, sparen wir CO_2 und tun damit aktiv etwas für den Klimaschutz«, sagte Sabrina. »Und mal ehrlich. Wer liest die Dinger? Spätestens am Dienstag liegen sie doch alle hier am Boden.«

Ida schaute sie an und verzog das Gesicht, als müsste sie nachdenken, was sie als nächstes sagen sollte.

Sabrina wartete.

Der Wind blies wieder eisig in ihren Nacken.

Dann zuckte sie mit den Schultern und machte weiter auch wenn ihr Herz schneller schlug.

Warum schaut Ida mir zu? Was hat sie vor?

Wie auch immer, sie würde das hier fertig machen.

Endlich waren alle Briefkästen mit einem Zettel versehen, aber in ihrer Hand war immer noch ein Stapel übrig. Nachdenklich sah Sabrina darauf hinunter.

Am besten ich hebe sie auf, falls ich die Aktion wiederholen will.

»Was machst du mit den übrigen Zetteln?«, fragte Ida.

Sabrina schaute auf.

Ida stand immer noch da, wo sie vorhin gestanden hatte und schaute ihr zu.

»Weiß noch nicht«, sagte Sabrina.

»Machen wir beim nächsten Haus weiter?«, fragte Ida und zeigte auf das Hochhaus auf der gegenüberliegenden Straßenseite. Aus den dortigen Briefkästen hingen jede Menge Wochenblätter.

Meint sie das ernst? Wir? Zusammen?

Sabrina starrte Ida einen Moment an.

»Du willst mir helfen?«, fragte Sabrina schließlich.

Ida nickte. »Klar. Klimaschutz ist wichtig und wenn wir damit etwas bewegen können bin ich dabei. Und danke, dass du das Wochenblatt entsorgt hast.« Ida ging los und schaute über ihre Schulter zurück. »Das warst doch du, oder?«

Sabrina nickte.

Ida zeigte ihr einen hochgestreckten Daumen.

Wow. Ein Lob von Ida. Das hätte ich nie gedacht.

»Super. Zu zweit macht es mehr Spaß«, sagte Sabrina und rannte hinter Ida her. »Hast du Lust, nachher zusammen Abendessen zu kochen?«, fragte Sabrina und wagte sich weiter vor.

Wer weiß schon, wann ich wieder die Gelegenheit bekomme mit hr zu reden. Und sie sieht so süß aus.

»Gerne«, sagte Ida und drückte auf den Knopf an der Fußgängerampel, um die vorbeirauschenden Autos anzuhalten.

Schweigend warteten sie auf das grüne Männchen.

Sabrina lächelte, als sie zusammen die Schilder anbrachten. Und als ihr Vorrat leer war, gingen sie gemeinsam neue Schilder schreiben.

Wenn ich gewusst hätte, dass Klimaschutz mir so schnell die Möglichkeit zu neuen Freundschaften verschafft, hätte ich schon viel früher an Straßenkampagnen teilgenommen.

Sabrina dachte an die Klimaschutztreffen und die Aktionen, bei denen sie sich bisher nicht getraut hatte teilzunehmen. Wie gut, dass sie heute selbst eine Idee gehabt hatte.

Wie viel besser, dass ich mich getraut habe.

Es fühlte sich gut an, etwas zu tun, dass über den eigenen Konsum hinausging.

»Nächste Woche schauen wir, wie viele Zettel noch da sind«, schlug Sabrina vor, als der letzte Zettel am Haus gegenüber klebte.

Ida nickte zustimmend.

Langsam wurde es dämmerig und dunkler. Zeit, sich um das Abendessen zu kümmern. Gemeinsam gingen Sabrina und Ida zurück ins Wohnheim und stiegen die vier Stockwerke zu Sabrinas WG hinauf.

Sabrinas Beine protestierten.

So oft stieg sie nicht jeden Tag die Treppen rauf und runter. Einen Teller Nudeln mit heißer Tomatensoße hatte sie sich heute redlich verdient.

Beim Einseifen ihrer Hände mit Seife und heißem Wasser dachte sie über den Nachmittag nach, der so viel besser gelaufen war, als er angefangen hatte. Vielleicht konnte sie nächstes Wochenende, zusammen mit Ida, die Aktion ausweiten. Hochhäuser und Mehrfamilienhäuser gab es in der Stadt genug.

ENDE

Leseprobe:
Ein Stück vom Weihnachtsgefühl

Das letzte Kalenderblatt des Jahres hing aufgeschlagen an der Wand neben dem Bücherregal. Die winterliche Schneelandschaft auf dem Bild in der Mitte, mit dem Schlitten, den Rentieren und dem Weihnachtsmann war von überall im Wohnzimmer gut zu sehen. Besonders gut vom Sofa. Die durchgestrichenen Zahlen der Tage an beiden Seiten zeigten, dass das Jahr beinahe vorbei war. Das Wohnzimmer, in dem bunte Lichterketten aufgehängt waren und ein grüner, würzig nach frischem Wald duftender Weihnachtsbaum stand, lud ein zum Verweilen. Zum Innehalten. Der Baum mit roten, grünen und goldenen Christbaumkugeln sollte die Wärme und Besinnlichkeit von Weihnachten ausstrahlen. Die gelben Strohsterne, die Rolf als Kind mit seiner Mutter gebügelt und geknotet hat, hingen dazwischen. So wie das Lachen in seiner Erinnerung hing. Vergangen. Vorbei. Eine Ewigkeit her.

Rolf saß alleine auf dem weichen Sofa. Seinem Lieblingsort in der Drei-Zimmer-Wohnung, die er mit Max bewohnte. Max, der seit der Ausbildung mit ihm eine WG bildete und an Weihnachten zu seinen Eltern fuhr. Jedes Jahr, seit er es wieder durfte. Und immer alleine. Keiner von ihnen hatte einen Partner gefunden in all den Jahren, die sie schon zusammen wohnten.

Rolf knetete seine Hände im Schoß.

Er wollte zu Weihnachten nicht wegfahren. Wohin auch?

Er fühlte sich nicht nach Weihnachten.

Draußen vor dem Fenster hingen graue Regenwolken. Es nieselte. Von Schnee war nichts zu sehen. Die Wettervorhersage im Internet sagte es bliebe warm und regnerisch.

Wie schafften die Menschen es auf der Südhalbkugel, im Sommer Weihnachtsgefühle zu entwickeln? Jedes Jahr?

Rolf seufzte. Er sollte Plätzchen backen. Aber für wen?

Mit wem? Keiner seiner Freunde hatte Zeit, dieses Jahr mit ihm zu backen. Er war allein. Die Uhr tickte laut in die Stille hinein.

Rolf schloss die Augen und dachte an vergangene Weihnachten zurück. Weihnachten, als er jünger war. An seine Ausbildung. Anfang Dezember war immer die Weihnachtsfeier im Betrieb gewesen. Damals hatte er sich Sorgen gemacht zu viel Bier und Wein zu trinken. Heute würde er sich keine Minute mehr darum kümmern, sondern das Fest genießen. Die Stimmung war jedes Mal fröhlich, alle zusammen haben sie an schön gedeckten Tischen gesessen, sich unterhalten und den Braten genossen hatten. Wenn der Chef dann eine feuchtfröhliche Rede hielt, verkleidet als Weihnachtselfe, hatte er mit allen Kollegen grölend gelacht. Die Liedtexte zu den Weihnachtsmelodien waren nicht jugendfrei gewesen. Aber sein Herz hatte gejauchzt und er hatte sich leicht und fröhlich gefühlt.

Dieses Jahr wurde auf die Weihnachtsfeier verzichtet. Wie schon die Jahre zuvor. Aus gesundheitlichen Gründen. Wie jedes Jahr, seit dem Jahr der Pandemie. Auch, wenn sich seither die Gründe geändert hatten. Damals, hatten alle Statistiker übereinstimmend berichtet, damals, waren so viel weniger Verkehrstote gemeldet worden, so viel weniger Atemwegserkrankungen, und so viel weniger Sachzerstörung, dass die Regierung Weihnachtsfeiern komplett abgeschafft hatte. Da die Weihnachtsmärkte sowieso insolvent waren, wurden sie gleich mit beerdigt.

Rolf öffnete die Augen. Vor ihm stand immer noch sein Weihnachtsbaum. Die farbigen Lichter funkelten im trüb-grauen Tageslicht.

Ende der Leseprobe aus »Ein Stück vom Weihnachtsgefühl«

Weitere Bücher

Nichts ist wie es scheint.

Lias Finger frieren. Eiskratzen mitten in der Nacht. Lia hasst den Winter. Lia hasst die Uhrzeit. Sie arbeitet lieber bis spät in die Nacht und schläft lange.

Lia arbeitet für ihre Beförderung. Dafür steht sie früh auf. Nur eine Empfehlung fehlt ihr im Unternehmenseigenen Karrieremodell. Sie muss ihre unerklärbaren Programmierfehler in den Griff bekommen. Aber was, wenn die Fehler nicht ihre sind? Lia verwirft die unsinnige Idee.

Verdient Lia sich ihre Beförderung? Wer möchte ihr schaden?

Der Löschbefehl taucht ein in die Welt der Softwarentwicklung.

Klimaschutz für alle.

Sabrina bemüht sich um den Klimaschutz. Doch bis sie ihr Studium beendet und mit technologischem Fortschritt helfen kann, dauert es noch.
Sie will jetzt etwas tun. Besonders gegen diese Idioten, die zur Fastnacht, Einwegplastik und Müll auf der Straße hinterlassen.
Sabrina sucht eine Idee. Was kann sie jetzt ausrichten, dass mehr Menschen erreicht, als nur sie selbst?

Eine lustige Geschichte, über Ideen, Mut und überraschende Erkenntnisse.

Romance

F/F, Lesbische Romantik
Rotes Marzipan
Verliebt im Freibad
Erster Kuss im Wald
Flirt auf rotem Briefpapier
Romantik am Morgen
Testperson gesucht: Portal der Verführung
Unterricht in der Liebe
Eine neue Gelegenheit (Collection)

M/M, Gay Romantik
Liebe trotz verbranntem Essen
Phillip, küss mich
Gesucht: Die Lust zu Verführen

Kunstsprung der Liebe
Unter der Freibaddusche
Verliebt in den Koch
Eine Schneeflocke zum Verlieben
Liebe zum Genießen (Collection)
Prioritäten der Liebe (Roman)

M/F, Hetero Romantik
Vereiste Seile
Sandmanns Verlobung (An den Ufern des Luzik)
Der Fremde liegt unten
Ein Herz für die Träume
Armut oder Heirat

Science Fiction

Marie und die Naira
Kein Gemüsegarten im All
Die verstaubte Akte
Einzigartiges biometrisches

Merkmal
Ein Stück vom Weihnachtsgefühl

Gegenwart

Wenn es nicht glänzt …
Der Löschbefehl
Eine Rolle zu Viel

Falsche Hoffnung
Briefumschläge aus Altpapier
Bitte keine Werbung einwerfen